Het Uitkleedspel

Overheersing en erotische onderwerping

Erika Sanders

ERIKA SANDERS

Het Uitkleedspel

Erika Sanders

Serie
Overheersing en erotische onderwerping

Korte inhoud

De hoofdrolspeler van dit verhaal gaat met een paar vrienden naar een feestje vergezeld van haar vriend Paul.

Het feest gaat door zoals elk ander feest totdat ze ontdekt dat er meerdere mensen door een deur naar binnen gaan en niet meer naar buiten.

Ze overwint haar nieuwsgierigheid, komt de deur binnen en ontdekt dat de kamer vol mannen en vrouwen is, non-stop lachend, kijkend naar het midden van de kamer waar een jongen een doos met wat kaarten heeft ...

Het Uitkleedspel is een verhaal met een sterk erotisch BDSM-gehalte en op zijn beurt ook behorend tot de Erotic Domination-collectie, een serie romans met een hoog romantisch en erotisch BDSM-gehalte.

(Alle personages zijn 18 jaar of ouder)

Opmerking over de auteur:

Erika Sanders is een bekende internationale schrijfster, vertaald in meer dan twintig talen, die haar meest erotische geschriften, ver van haar gebruikelijke proza, ondertekent met haar meisjesnaam.

Inhoudsopgave:

HET UITKLEEDSPEL
ERIKA SANDERS

Paul en ik waren naar een feest geweest dat door vrienden van hem was gegeven.

Hij kende bijna niemand, maar ze leken een aardig stel.

Paul verontschuldigde zich en begon met een paar teamgenoten te praten die hij sinds de race niet meer had gezien, dus ik bleef met rust.

Ik schonk mezelf wat sangria in en begon kalm te drinken, rondkijkend naar iemand die ik kende.

Iedereen was bezig met iemand te praten en hij wilde geen enkel gesprek onderbreken.

Plots zag ik een paar mensen door de deur aan de achterkant van de kamer glippen.

Het duurde niet lang voordat er nog drie mensen binnenkwamen.

Dan nog een.

Dat was te veel voor mijn nieuwsgierigheid, dus besloot ik te kijken wat er daarbinnen gebeurde.

Ik opende de deur en zag een grote groep mensen naar het midden van de kamer kijken.

Ik ging op mijn tenen staan om te zien waar ze naar keken en ontdekte een jongen van begin twintig op een tafel met een doos vol kaartjes in zijn hand.

Mensen lachten onophoudelijk en het wekte mijn nieuwsgierigheid nog meer.

Ik besloot iemand te vragen om erachter te komen.

Ik tikte een meisje voor me op de schouder.

"Hey sorry. Wat is dit allemaal? Vroeg ik, terwijl ik mijn stem verhef boven het gelach.

"We spelen" Durf je? " "Hij antwoordde" Wil je spelen?

"Ik kan niet spelen", zei ik.

'Het maakt niet uit, ik zal het je nu meteen uitleggen,' riep hij uit, je zult zien hoe gemakkelijk het is. Als je aan de beurt bent, moet je een kaart kiezen uit de doos die de 'moderator' van het spel bij zich heeft, namelijk de jongen op tafel. Er staat een "uitdaging" op de kaart die u moet ontmoeten. Als u besluit niet te voldoen, moet u een pandrecht betalen. Je moet wat kleren uittrekken.

" Ik begrijp het. Daarom is er die daar zonder hemd ", zei ik wijzend naar een man die lachte.

"Dat is het", antwoordde ze. "We spelen al een tijdje. Daarnaast zijn er anderen die al een pandrecht hebben betaald. Dat meisje heeft haar slipje al aan en ik moest mijn schoenen uitdoen. "

Ik keek naar zijn voeten en zag dat hij de waarheid sprak.

Ik glimlachte, bedankte hem en verliet de kamer.

Ik zocht Paul om te vragen of hij binnen wilde komen om met me te spelen.

"Nee schat" antwoordde hij. "Kijk maar als je wilt, ik praat met een paar vrienden van de universiteit."

Ik ging alleen naar binnen.

Ze vertelden me dat ik het eerst aan de moderator moest vertellen om mee te doen aan het spel.

Dat deed ik en toen het mijn beurt was, pakte ik een kaart.

'Kus met een blinddoek drie leden van het andere geslacht en raad dan wie wie is.'

Ze kozen drie mannen en ze blinddoekten me.

De eerste leek alsof hij met zijn tong bij mijn amandelen wilde komen.

De tweede gebruikte zijn tong minder, maar wreef bijna een minuut over mijn kont terwijl ik me kuste.

De derde gebruikte ook veel zijn tong en wreef niet alleen over mijn kont, maar streelde ook mijn tieten.

Ik liet ze het doen, want als ik een van hen had tegengehouden, zouden ze me hebben geëlimineerd.

Ik deed de blinddoek af en sloeg ze alle drie, een voor zijn baard en de andere twee voor de lengte.

Toen ik weer aan de beurt was, was er al een vrouw in een beha en slipje, en een man in zijn onderbroek.

Ik heb een nieuwe kaart gehaald.

'Je zult je ondergoed moeten laten zien aan degene die de kleur kan matchen. Drie mensen kunnen testen.'

Wat een pech! Ze droeg een jarretellegordel en een bijpassend zwart slipje.

Iemand zou er vast wel aan denken om die kleur te zeggen.

Maar het ergste was dat het slipje transparant was en ik er alles doorheen kon zien.

Waarom zou ik het kastanjebruine slipje niet hebben gedragen?

Ze kozen drie andere mannen.

De eerste zei dat hij niets droeg.

Ik lachte en vertelde hem dat hij had gefaald.

De tweede zei dat het zwart was.

Bingo! Je hebt het goed!

Ik zei hem om te draaien en tilde mijn jurk op zodat alleen hij haar kon zien.

Toen hij me zag, floot hij dankbaar.

De moderator van het spel zei dat sinds ik verloren was, ik wat kledingstuk moest verwijderen.

Met een sensueel gebaar legde ik mijn handen onder mijn rok, liet mijn slipje zakken en hing ze aan de hanger met de rest van de kleren die de anderen al hadden uitgetrokken.

Bij de volgende dienst verloren twee mannen hun broek en een vrouw hun beha, en twee mensen verlieten het spel met nog maar tien mensen over.

De topless vrouw herinnerde de groep eraan dat ik niet hetzelfde aantal tests had gedaan als de rest van de mensen en stelde voor dat ik twee extra tests zou hebben om me op hetzelfde niveau te plaatsen als de anderen.

Mensen negeerden mijn protesten en stemden snel om me twee extra tests op rij te geven.

Ik haalde de eerste kaart tevoorschijn.

"Doe je beha uit zonder knopen van je jurk of blouse te openen."

Toen mijn beha aan de voorkant openging, opende ik hem zonder problemen en liep langs één kant onder elk van mijn armen.

Ondertussen zat iedereen me aan te staren en ik hoorde sommige mensen zeggen dat alles transparant voor me was.

De moderator zei dat het volgens een van de regels van het spel verboden is om kledingstukken opnieuw te dragen.

Ik heb een nieuwe kaart gehaald.

"Kies drie mensen van hetzelfde geslacht met het stro-spel. French kiss een die minstens een minuut duurt."

Ik brak drie lucifers, mengde ze met een paar andere en gaf ze rond zodat elke vrouw er een kon kiezen.

Degene die een van de drie gebroken lucifers kreeg, zou een prijs hebben.

Joanna, een roodharige meid van in de twintig, een lichaam met perfecte rondingen en iets kleiner dan ik, was de eerste die een van hen eruit trok.

Hij lachte en zei dat hij altijd goed was geweest in dat spel.

Hij liet me op zijn knieën gaan zitten en de moderator herinnerde me eraan dat als ik de kus zou onderbreken, ik de uitdaging zou verliezen.

Joanna begon me met grote vastberadenheid te kussen en, wetende dat ik niets onder mijn kleren had, streelde ze eerst mijn borsten en daarna schoof ze een hand onder mijn rok, liet hem net boven mijn schaambeen liggen en speelde met mijn clitoris.

Ik verdroeg de kus, maar kon niet blijven zitten met die ervaren handen op mijn clitoris.

Vakkundig zorgde hij ervoor dat ik een orgasme bereikte, terwijl ik op zijn knieën kronkelde.

Toen ik de kus onderbrak, klapte de groep en ik zag dat er zes minuten waren verstreken.

Joanna hield haar hand nog even op mijn kloppende poesje en toen stond ik op.

Hij stopte echter niet met aandringen totdat ik een paar stappen verder deed.

Mijn ademhaling was snel en ik begon te wachten tot ik weer aan de beurt was.

Een man verloor zijn boxershort en onthulde een dikke, harde lul.

Een tweede vrouw verloor haar beha.

De vrouw die geen beha meer had, verloor haar rok en liet niets aan.

Ik vroeg me af wat er zou gebeuren als ze weer verloren.

Paul koos dit moment uit om de kamer binnen te gaan.

De moderator vroeg hem of hij wilde blijven.

Hij bekeek de borsten van de twee vrouwen en aarzelde niet om ja te zeggen.

Ze vertelden hem dat hij vijf uitdagingen moest accepteren als hij wilde blijven.

Hij haalde zijn eerste kaart tevoorschijn.

'Kus met een blinddoek drie leden van het andere geslacht en raad dan wie wie is.'

Ik was de tweede en Joanna de derde.

Ik wreef over Paul zoals de eerste vrouw had gedaan, en wreef zijn pik door zijn broek.

Joanna deed het beter, trok zijn gulp naar beneden en reikte naar binnen.

Paul sloeg me niet (hij dacht dat ik nummer één was).

Hij verloor vier van de vijf kledingstukken door daar in zijn boxershort te staan, met een enorme erectie die worstelde om zichzelf te bevrijden.

De moderator kondigde aan dat het ver genoeg was gegaan en dat het tijd was om de sterkste kaarten te trekken.

Ik heb de eerste.

Ze hebben me geblinddoekt en drie pikken in mijn handen gestopt.

Hij moest raden van wie ze allemaal waren.

Ongelofelijk, ik was niet in staat om Paul's van de anderen te onderscheiden.

Terwijl alle mensen in de kamer toekeken, deed ik mijn blouse uit.

De vrouw die al naakt was van de vorige ronde verloor haar uitdaging en alle mannen trokken aan een rietje.

De moderator vertelde de vrouw dat ze minstens vijf minuten op de lul moest zitten van degene die het kortere rietje trok.

Ik zag haar bovenop de winnaar zitten terwijl hij voorzichtig zijn pik in haar druipende gaatje stak, me afvragend of mijn straf hetzelfde zou zijn als ik naakt zou worden.

De moderator begon de tijd te tellen.

Ze probeerde zich als niets te gedragen, alsof ze ons door niet te bewegen ons ervan zou overtuigen dat ze daar niet in het midden van iedereen werd geneukt, maar de langzame bewegingen waarmee de man haar penetreerde, begonnen na ongeveer drie minuten Reageer.

Ze begon zich in de zaak te verdiepen toen de moderator zei dat de tijd om was en haar dwong op te staan, wat ze weigerde, stevig vasthoudend aan de eigenaar van de lul die haar zoveel plezier bezorgde.

We lachten allemaal om die geamuseerde reactie, terwijl Joanna en de moderator probeerden dat stijve lid uit haar hongerige kut te verwijderen.

Ze slaagden er amper in.

De volgende was ik.

'Kijk naar de borsten van drie vrouwen en identificeer ze vervolgens geblinddoekt door ze alleen met je tong aan te raken.'

Joanna bood zich snel aan, evenals twee andere vrouwen.

Ik keek naar hun borsten, peilde hun grootte en gelaatstrekken, en toen blinddoekten ze me.

Mijn tong verkende om de beurt elk van de tieten.

Het kwam bij me op dat als ik ze gretig likte, ze uiteindelijk een geluid van plezier zouden laten horen dat me zou helpen te weten wie elk was.

De tweede was stil totdat mijn tanden haar tepel poetsten en ze een kreun van genot niet kon helpen.

De derde kreunde bij de eerste lik.

Ik zei dat Joanna de eerste was, en wie dacht ze toen dat de andere twee waren.

Ik heb het goed.

Ik dacht al dat de uitdaging voorbij was toen de moderator zei dat hij een straf moest uitzitten.

Hij had zich gerealiseerd dat hij zijn tanden op een van hen had gebruikt.

Hij zei dat ik mijn rok uit moest doen.

Hij wilde zeggen dat ik me moest blijven uitkleden, maar stopte toen hij mijn hete rood-zwarte jarretellegordel zag.

Hij vertelde me dat ik door kon gaan met mijn rok aan, maar dat ik voortaan dezelfde straffen zou moeten uitzitten als de spelers die al naakt waren.

Hij reikte in de strafbox en haalde een kaart tevoorschijn.

Hij liet het mij niet zien, maar hij liet de drie overgebleven vrouwen het voorlezen.

Ze kwamen naar me toe, liepen langzaam om me heen en droegen me naar het bed.

Joanna ging erop zitten en de andere twee zetten me op hun knieën.

De vrouw van wie de tepel was gebeten, zat dicht bij mijn hoofd, zodat mijn gezicht op haar kutje rustte.

Hij hield mijn armen vast, zodat ik me niet kon bewegen.

De andere hield mijn benen vast en begon met mijn poesje te spelen.

'Heb je gezien hoe nat ze is, Joanna?'Hoorde ik hem zeggen.

Ondertussen begon hij mijn clitoris met één vinger aan te raken en tegelijkertijd mijn binnenste met een andere te verkennen.

Onwillekeurig begonnen mijn heupen op Joanna's knieën te kronkelen.

Plots raakte het me hard.

Ik klaagde niet, want ik was bang dat ik de straf zou missen.

Het raakte me nog een paar keer en stopte uiteindelijk.

'Hoeveel zijn er geweest?'' Ik vraag me af.

"Ik weet het niet" antwoordde ik bang.

'Dan beginnen we opnieuw', zei hij.

Joanna bleef me hard slaan terwijl mijn poesje werd verkend door het andere meisje.

Deze keer keek ik naar het tellen van de slagen.

Toen hij twintig was, stopte hij en keek naar de vrouw die mijn armen vasthield.

'Is hij al aan je begonnen met likken? Hij vroeg.

" Ik antwoord niet.

"We zullen opnieuw beginnen" riep Joanna uit.

Ik begroef snel mijn gezicht in dat poesje dat toebehoorde aan een vrouw die, zoals je misschien al besefte, haar naam niet eens kende.

Joanna bleef me steeds harder slaan.

Eindelijk stopte hij.

Ik had deze keer 23 zweepslagen geteld, hoewel ik bang was dat ik er een paar had gemist.

'Hoeveel zijn het er geweest? Hij vroeg me opnieuw.

"Vijfentwintig" zei ik om er zeker van te zijn.

"Nee, je zult het beter moeten doen" zei Joanna "We zullen opnieuw beginnen.

De rest van de mensen applaudisseerde en juichte onophoudelijk, maar niet ik maar mijn folteraars.

Ik hoorde ook dat Paul Joanna feliciteerde met de show die ze me liet opzetten.

Al die tijd waren de handen die met mijn poesje speelden geen jota vertraagd.

Ik was de tel van mijn orgasmes al kwijtgeraakt (er waren er minstens vijf), en te oordelen naar het aantal keren dat de vrouw die ik haar kutje at, mijn hoofd had vastgegrepen, had ze er minstens drie gehad.

Joanna stopte haar slagen nog een keer.

'Hoeveel zijn het er geweest? "Ik vraag me af.

"Vijfentwintig" zei ik opnieuw, terwijl ik me voorbereidde op een nieuwe pak slaag.

"Juist", zei hij zonder verder oponthoud.

Toen richtte hij zich tot de vrouw in mijn hoofd en vroeg:

'Virginia, heeft het je tevreden gesteld?

"Op dit moment ja" hoorde ik haar antwoord "Tenzij ze een lul groeit ..."

'En jij, Julia? Vroeg hij degene die mijn poesje had verkend.

"Ja" antwoordde hij met zware ademhaling "Voor mij is dat oké."

Ik begon op te staan, maar Joanna hield me tegen en dwong me te gaan liggen.

"Ze kunnen worden gedaan, maar ik" vertelde me "niet. Nu moet je de volgende tien slagen tellen, zodat iedereen in deze kamer je kan horen. Dan zul je de kutjes van mij, Virginia en Julia kussen als een manier om je te bedanken voor hoeveel plezier je met ons hebt gehad. '

Ik accepteerde.

Het kostte hem meer dan een minuut om me alle tien keer te raken.

Toen kuste ik Virginia's poesje zonder zelfs maar op te staan en bedankte haar.

Ik stond op en kuste Julia's poesje en bedankte haar ook, en ik bewaarde Joanna voor het laatst.

Het poesje eten dat ik aan haar opdroeg duurde ongeveer drie minuten, totdat ik haar eindelijk voelde klaarkomen.

Toen bedankte ik hem ook.

Terwijl hij dat deed, realiseerde ik me dat hij meende wat hij zei.

De ervaring was zeer verheugend geweest.

Nu was het de beurt aan Paul ...

Paul pakte een uitdagingskaart en ik kon aan de blik op zijn gezicht zien dat hij niet had gekregen wat hij had verwacht.

"Gebruik alleen de mond en geblinddoekt, identificeer de hanen van drie mannen."

'Ik ga dit niet doen', zei hij, zich tot mij wendend.

"Wacht even" antwoordde ik ietwat geïrriteerd "Je hebt een geweldige tijd gehad om te kijken hoe ik met drie vrouwen reed en nu wil je dit niet doen. Ik denk dat je oneerlijk bent. "

"Maar, is dat ..." begon hij te zeggen "Is dat het ... lullen !!"

"Kom op" zei ik, toen ik zag dat ik hem al aan het overtuigen was. "Als je dat doet, gebeurt er niets met je, het zal je geen kwaad doen. Denk ook aan de straf die de moderator je zal geven als je weigert. "

Ik weet niet zeker welke van mijn argumenten hem uiteindelijk hebben weten te overtuigen, het punt is dat hij, na er nog even over te hebben nagedacht, aankondigde dat hij het ging proberen.

Ik keek aandachtig naar de drie hanen die voor Paul zichtbaar waren.

Hij was geblinddoekt en beefde van top tot teen.

Ik probeerde hem op te vrolijken door hem te vertellen dat dit me enorm opwond, wat helemaal waar was.

Eindelijk nam hij een besluit en begon hij de uitdaging aan te gaan.

Uiteindelijk viel het mee, het eindigde in minder dan een minuut en raakte er maar één.

De moderator vroeg me om hem te helpen bij het kiezen van de straf.

Met zijn ogen nog steeds geblinddoekt, lieten ze hem op de rand van het bed zitten.

De vrouwen die nog in de kamer waren, kleedden zich uit.

Vanaf dat moment zouden de kleding niet meer als straf dienen.

Elk van hen zat precies een minuut op zijn stijve lul.

Ik was de vierde en Paul herkende me aan de kousen die ik nog aanhad of misschien iets anders.

Hij smeekte me nog wat langer te blijven, lang genoeg om te komen.

Ik gaf hem een kus die zijn keel ontstopte en bleef nog een paar ogenblikken op hem zitten terwijl zijn heupen me keer op keer duwden, in een poging snel een orgasme te bereiken.

Ik stond het niet toe.

Aan het eind van de dag was het een straf, dus ik stond op en liet hem halverwege achter.

Joanna was de laatste die zijn lul inbracht.

Ze wekte hem genadeloos op en verliet hem ook voordat hij kwam.

"Als je me nodig hebt om een andere straf te kiezen, aarzel dan niet om mij te raadplegen", bood ik de moderator aan, terwijl Paul opstond en de blinddoek afnam, uitgeput.

"Maak je geen zorgen" glimlachte hij naar me. "Vanaf nu zullen we kiezen tussen hen twee."

Ik zag Joanna de volgende kaart pakken.

Hij las het voor zichzelf en het leek me grappig.

We vroegen hem het hardop voor te lezen en dat deed hij.

"Kies drie mannen en raak hun lullen aan. Ga dan geblinddoekt erop zitten en identificeer hun baasjes."

Ze ijsbeerde door de kamer en koos, vreemd genoeg, twee mannen met de grootste lullen.

Toen ze Paul bereikte, stopte ze voor hem en pakte voorzichtig zijn pik.

Paul deed een stap naar voren, blij omdat hij nu de kans zou krijgen om af te maken wat we hem niet eerder hadden nagelaten.

Maar Joanna liet haar met een wrede glimlach los.

"Voor nu heb je genoeg", zei hij "Als je goed bent, zal ik je misschien kiezen voor een ander spel."

En ze liep bij hem weg, hem achterlatend met een stijve lul en een teleurgestelde frons op zijn gezicht.

Ik kon niet anders dan glimlachen.

Het kwam hem goed van pas.

Joanna koos de derde en bracht hem samen met de andere twee.

Ze raakte elk van de pikken aan totdat ze hard waren en toen ze klaar was, werd ze geblinddoekt.

Daarna spietste hij zich op elk van hen, zonder een van de drie de kans te geven om te komen.

Ze kwam hard op de derde haan.

Onbegrijpelijk, geen van hen had gelijk.

We realiseerden ons allemaal dat ik expres had gefaald, zelfs de moderator die me opriep om te beraadslagen.

Uiteindelijk vonden we een straf volgens Joanna's persoonlijkheid, hoewel we diep van binnen allemaal wisten dat het meer dan een straf was, het was een geschenk voor haar.

We bonden Joanna met haar gezicht naar beneden aan het bed vast, zodat haar middel naar de rand gebogen was, waardoor ze op haar knieën achterbleef met haar kont bloot aan ons allemaal.

De straf zou erin bestaan dat elke man haar precies één minuut van achteren neukte.

Ik zou aan haar zijde staan om elk van de hanen aan haar voor te stellen.

De moderator zou even duren.

Een gebaar van hem zou het signaal zijn dat de tijd om was en dat ze zijn pik moesten verwijderen.

Als ze weigerden, zou ik degene zijn die het met geweld zou moeten verwijderen (indien nodig bij de eieren nemen).

Ik ging naar Paul toe en zei iets in zijn oor.

Toen nam ik mijn plaats in.

Ik pakte de eerste van de zes pikken die Joanna's hol zouden binnendringen met beide handen.

"De punt is een beetje droog" loog ik, want dat maakte me allemaal het meest geil "Ik denk dat ik het met mijn tong moet bevochtigen."

Dat deed ik, meer dan nodig herscheppen, wat me een berisping van de moderator opleverde.

Vervolgens heb ik het vakkundig geïntroduceerd.

Net toen Joanna in de tijd met haar partner begon te bewegen, gaf de moderator me het signaal om te stoppen.

Ik pakte zijn pik voorzichtig en trok hem er snel uit.

Ik bevochtigde ook de tweede met mijn warme mond, omdat het, zoals ik al zei, 'noodzakelijk' was.

Toen ik hem erin deed, begon zijn pik razendsnel in en uit te bewegen.

Desondanks trok ik haar eruit voordat ze enige voldoening kon bereiken.

De derde en de vierde gingen op dezelfde manier voorbij.

De moderator was de vijfde.

Ik keek naar zijn pik en schudde langzaam mijn hoofd.

"Ik denk dat ik deze haan ook moet natmaken", zei ik kwaadwillig.

Ik stopte het in mijn mond en begon eraan te likken en te zuigen alsof er niemand anders in de kamer was.

Ik heb er meer tijd aan besteed dan aan enig ander.

Eindelijk hield hij me tegen met zijn hand.

'Ik denk dat genoeg genoeg is', zei hij hijgend van opwinding.

'Weet je zeker dat je wilt dat ik stop? Vroeg ik sensueel.

"Voorlopig wel", zei hij tegen mij "Later mag ik je door laten gaan.

De moderator was precies één minuut en was degene die het dichtst bij klaarkomen kwam, vanwege de opwinding die het eten van mijn pik hem had bezorgd.

Paul was de laatste.

Joanna had haar heupen hard tegen de laatste twee pikken geduwd en probeerde een orgasme te krijgen, maar het lukte niet.

Ik besloot dat ik haar nog wat meer zou laten lijden voor de laatste aanval.

Ik deed langzaam de lippen van haar kutje uit elkaar met het excuus dat op deze manier de lul gemakkelijker zou binnendringen.

Dat deed Joanna huiveren van plezier.

Toen gleed mijn vinger over haar clit, wat haar nog meer opwond.

Ik dacht dat genoeg genoeg was en liet Paul dichterbij komen.

Hij duwde haar erin, want Joanna's poesje was meer dan gesmeerd.

Hij begon hem krachtige stoten te geven zoals de anderen hadden gedaan, maar na de vierde, nam ik het van hem af en dwong hem het in zijn reet te duwen.

Net aan het einde van de minuut van strengheid gaf de moderator me het signaal om het te verwijderen.

Joanna duwde haar heupen naar achteren om te proberen het gezwollen lid op zijn plaats te houden, maar dat lukte niet.

De moderator staarde me aan.

"Nu zullen we stemmen om te beslissen welke straf we u opleggen", zei hij hardop, zodat de hele wereld hem kon horen.

"Straf? Naar mij? Maar waarom? Zei ik ongelovig.

"Omdat hij de regels van het vorige spel had veranderd" antwoordde hij "De pikken mochten alleen in haar kutje komen en niet in haar kont. Bovendien mocht je zonder mijn toestemming niet alle doffers eten ".

Niemand heeft tegen gestemd.

Ondertussen zag ik hoe Joanna op haar rug rolde, terwijl haar hand langzaam naar haar hongerige klit zweefde.

De mensen waren tot een besluit gekomen.

"We gaan je blinddoeken en dan zullen we allemaal doen wat we willen zonder dat je weet wie wat heeft gedaan", riep de moderator glimlachend uit.

Plotseling sloeg iemand een blinddoek voor mijn ogen en duwden verschillende handen me op het bed.

Een seconde later kwam er een lul in mijn mond en ik begon er gretig aan te zuigen.

Een tweede pik groef in mijn druipende kut, maar na vier stoten kwam hij eruit.

Toen voelde het alsof iemand mijn billen scheidde en onmiddellijk daarna kwam een andere lul (of misschien wel dezelfde) met een enkele duw in mijn kont.

Ik wilde schreeuwen, maar de lul die in mijn mond was begraven, hield me tegen.

Ze legden me langzaam op mijn zij, zodat noch de pikken die me neukten, noch de twee monden die aan mijn tieten begonnen te zuigen, van hun doelen zouden wegkomen.

Ik merkte dat tenminste één van hen van een vrouw was, omdat haar gezichtshuid erg zacht was, zonder een spoor van een baard.

Verschillende mensen verdrongen zich rond mijn geslacht en probeerden me binnen te dringen.

Na een lichte strijd is een van hen geslaagd.

Dat was het gevecht dat zich tussen de mensen tussen mijn benen had gevormd, dat ik het gevoel had dat meerdere mensen me tegelijkertijd neukten.

Het was alsof alle mensen bovenop me waren gekomen.

De lul in mijn mond ging meedogenloos in en uit haar, terwijl de lul in mijn poesje bleef pompen, maar met enige moeite.

Degene op mijn kont drong nog steeds door me heen, maar het leek erop dat de meeste stimulatie van de eigenaar voortkwam uit mijn pogingen om de stoten van alle anderen te weerstaan.

Blijkbaar hadden de twee mensen die aan mijn borsten zuigen, besloten me op te winden en zoveel mogelijk te stimuleren.

De waarheid is dat ik blij was dat ik geblinddoekt was, zodat ik me volledig kon concentreren op wat ze me aandeden.

Zien wat er gebeurde, zou alleen maar als afleiding hebben gediend.

Een van de meiden pakte mijn hand, legde die op haar kutje en begon zichzelf met mijn vingers te wrijven om ze te gebruiken om te masturberen.

Ze was zo in de war door alles dat ze niet kon reageren.

Het was alsof ik een object was geworden, alsof ik mijn wil was ontnomen.

De pik in mijn mond begon te kloppen.

Enkele seconden later schoot er een stroom melk door mijn keel.

Ik probeerde het allemaal door te slikken, maar een deel viel langs mijn wang.

Voordat ik kon herstellen, legden ze een poesje op zijn plaats, dat ik meteen begon te likken.

Blijkbaar hadden de twee die mijn poesje en mijn kont neukten een gemeenschappelijk ritme gevonden.

Met hun stoten lieten ze me komen.

Ik zat midden in mijn tweede orgasme, toen ik een schreeuw hoorde en de man die mijn poesje aan het rijden was, kwam.

Toen hij zich langzaam terugtrok, voelde ik dat zijn sperma langzaam uit mijn gat begon te stromen.

Zijn partner, volledig toegewijd aan mijn kont, bleef nog harder pompen.

Er verscheen een gezicht op mijn poesje en begon het hartstochtelijk te likken.

Het gevoel in de kont geneukt te worden terwijl iemand anders mijn poesje aan het eten was, was nieuw voor mij.

Ik begon weer te klaarkomen.

Iemand begon aan mijn haar te trekken.

Ondanks de moeilijkheid probeerde ik te blijven voldoen aan de eisen van het poesje dat op mijn gezicht zat.

Er verscheen een nieuwe lul in mijn hand en ik begon hem op en neer te wiebelen.

Een van de monden die op mijn tepels zat, verdween en nam daarvoor een paar sterke handen in de plaats die mijn tieten begonnen te schrobben, ze kneedden alsof het brooddeeg was.

"Ik denk dat dit meisje een paar keer geslagen wil worden", zei een stem rechts van me dat ik niet wist van wie het was.

Het poesje dat ik aan het zuigen was, drukte nog dichter tegen mijn gezicht.

Ik likte het zo goed als ik kon.

Haar dijen verpletterden mijn hoofd toen ik een orgasme bereikte.

Snel verving een nieuwe lul hem en werkte zich een weg naar mijn mond.

Ik stelde me een rij mensen voor die in de rij stonden bij elk van mijn attracties, wachtend op hun beurt.

Ik besefte dat ik alle verbinding tussen die geslachtsorganen en de mensen aan wie ze gehecht waren, had verloren.

De blinddoek had alles weggenomen, behalve mijn vermogen om te voelen wat er gebeurde.

Ik moest toegeven dat ik vanaf het moment dat ik die kamer binnenliep stiekem had gehoopt dat zoiets zou gebeuren.

De waarheid was dat, sinds Joanna mijn clit voor het eerst met haar vingers opwekte, ze in een staat van constante opwinding was geweest.

Blijkbaar had de man die me aan het neuken was eindelijk het punt bereikt waarop er geen terugkeer meer mogelijk was.

Hij pakte mijn heupen vast en nam de leiding over mijn bewegingen.

Enkele seconden later voelde ik hoe grote stralen sperma van zijn pik in mijn binnenste werden gelanceerd.

Toen ging hij naast me liggen en ik voelde zijn pik zacht worden, langzaam uit mijn kont komen.

Meteen daarna was hij weg en liet mijn achterste vrij.

De mond van mijn rechter mees werd vervangen door een andere sterke hand. Nu werden mijn borsten als team gemasseerd.

Plots verdween een van de handen.

Enkele seconden later merkte ik iets in mijn borst, in de vallei gevormd door mijn twee tieten.

Het was een hand, een hand besmeurd met een soort glijmiddel.

Hij ging keer op keer over mijn tieten heen en smeerde ze in met die slijmerige vloeistof.

Iemand klom op mijn buik, klom op mijn lichaam en plaatste een harde pik tussen mijn gesmeerde tieten.

Zijn handen voegden zich bij mijn borsten en veranderden ze in een poesje dat klaar was om geneukt te worden.

De heupen van de man begonnen in een waanzinnig tempo heen en weer te bewegen.

De lul in mijn mond verdween zonder zijn lading in mijn keel te schieten en de lul in mijn hand werd vervangen door een vurig poesje.

Iemand kuste me op de mond, ik denk dat het een vrouw is, die haar tong door mijn keel slingerde.

Ik voelde het sperma uit mijn kont en mijn poesje druipen.

De lul die mijn tieten neukte, versnelde zijn snelheid.

Iemand tilde mijn benen op en liet mijn poesje zien.

Ze sloegen me tien keer hard in mijn kont, terwijl een hand op mijn poesje ging zitten en me masturbeerde.

De haan op mijn borst begon met kracht sperma te spugen.

Het raakte me in mijn gezicht en viel toen van haar af.

Hij moet ook de vrouw hebben bereikt die me kuste, maar dat weerhield hem er niet van om ook maar een seconde zijn tong in me te steken.

Het toch al slappe lid ging weg van mijn tieten.

De kussende mond ging ook weg, net als de vinger van mijn clitoris.

Even lag ik daar maar, uitgeput.

Ongeveer een minuut later werd de blinddoek verwijderd.

Ze gaven me een handdoek en ik veegde mezelf er voorzichtig mee af terwijl ik naar de verzamelde groep keek.

Onder hen was Paul, mijn vriend, die ook had meegedaan.

Ik realiseerde me dat ik hem niet had herkend tussen al die mensen die me non-stop plezier gaven.

"Nu ga je ons allemaal bedanken voor het feit dat ze je zo'n plezierige tijd hebben bezorgd", zei de moderator tegen me: "Maar je zult het op een heel speciale manier doen."

Even later kuste hij elk van de vrouwenkutjes.

Daarna stopte ik elk van de mannenlullen in mijn mond en bedankte elk van hen.

Op dat moment ging de deur open.

" Waar is iedereen? "Zei de nieuwkomer" Verdomme, ik denk dat ik de verkeerde kamer heb! "

EINDE

31

SALARISVERHOGING
ERIKA SANDERS

33

Anita klopte op de deur alsof ze hem niet wilde breken.

Dit sloeg nergens op, want zij was de enige overgeblevene in de donutwinkel.

Jij en de persoon aan de andere kant van de deur.

"Kom binnen," klonk de stem van deze persoon.

Anita opende de deur, stapte naar binnen en sloot hem achter zich.

De klik van het slot toen hij aan de deurknop draaide, leek oorverdovend in het stille kantoor.

Eric Galvez keek op van de papieren op zijn bureau.

Hij wierp een blik op Anita, een brunette en een schattige Mexicaanse klerk die het schooluniform van de winkel droeg, een wit overhemd met knoopjes en een korte geruite rok, en een zak donuts vasthield.

Ze had een onberispelijk lichaam en dik, gelaagd donkerbruin haar dat niet tot haar schouders reikte.

'Hallo Anita,' zei Eric.

De manager, getrouwd, twee kinderen en in de veertig, legde de pen neer en glimlachte.

'Hallo. Het spijt me als ik iets onderbreek,' zei ze verlegen.

'Natuurlijk niet,' verzekerde Eric hem. "Je gaat zitten".

Het kleine kantoor van de manager bestond uit een bank, twee stoelen, een bureau en archiefkasten.

Eric zag Anita naar hem toe lopen, haar rok heen en weer zwaaiend.

Ze ging in de stoel tegenover Erics bureau zitten, sloeg haar lange benen over elkaar en liet haar rok tot aan haar dijen komen.

Hij zette de tas naast haar op de grond.

"Wat is er aan de hand?" vroeg de manager.

Anita aarzelde, haalde diep adem en liet de vingers van één hand langzaam over haar dijbeen glijden, van de onderkant van haar rok tot aan haar knie.

"Ik denk erover om van de gehuurde kamer naar een appartement te verhuizen", zei hij.

Ze was een derdejaarsstudent aan een plaatselijke universiteit en werkte op verschillende locaties op plaatsen waar de uren haar lessen niet hinderden.

'Geweldig,' zei Eric opgewonden en stopte toen. 'En heb je meer geld nodig? Een opslag?'

Anita keek hem verlegen aan voordat er een serieuzere uitdrukking op haar gezicht verscheen.

"Ik kan niet geloven hoeveel ze huur vragen. En de borg is...' begon hij te zeggen.

'Ik weet het,' onderbrak Eric.

Hij keek haar even aan.

Ze had bijna een jaar voor hem gewerkt en vroeg een andere keer om loonsverhoging.

In dit geval had ze haar lichaam gebruikt om zijn beslissing te 'beïnvloeden'.

Sindsdien had hij eigenlijk nog een verzoek van haar gewild.

Eric keek naar de zak donuts naast hem.

"Neem je wat donuts mee naar huis?" vroeg hij.

Anita's blik viel op de tas en ging terug naar haar baas.

'Nee. Het is voor jou... voor ons,' antwoordde ze.

Eric had geen verdere uitleg nodig.

Hij had de vorige keer ook een tas meegebracht.

En deze keer wist hij wat hij moest doen.

Hij stond op, liep om het bureau heen en liep achter Anita's stoel.

Ze keek naar zijn atletische lichaam tot het achter haar verdween.

Een rilling liep verwachtingsvol over haar rug.

'Dus je hebt een donut voor me meegebracht,' zei Eric zacht. "En je wilt delen."

Anita knikte zacht.

Eric keek naar de jonge vrouw, haar overhemd aan de bovenkant losgeknoopt en haar gebruinde benen spreidden zich uit onder haar uitlopende rok.

Zijn handen klemden zich zenuwachtig aan de uiteinden van zijn armen op de stoel.

Eric legde zijn hand op het haar van het meisje en streek met zijn vingers over haar nek.

Hij voelde de warme huid onder de kraag van zijn overhemd en legde toen zijn hand op de voorkant van zijn nek voordat hij naar de bovenste knoop reikte.

In één snelle beweging liet hij de knop los; gevolgd door de volgende.

De toppen van haar borsten kwamen in zicht, gehuld in een slanke blauwe beha.

Zijn vingers gleden over de gladde huid van haar linkerborst en keerden toen terug naar de volgende knop.

Hij omcirkelde haar nek met beide handen en maakte elke knoop aan de bovenkant van haar rok los.

Eric trok het shirt van haar rok en maakte de laatste knoop los.

Anita's hemd viel zo ver dat Eric het grootste deel van elke borst van bovenaf kon zien.

Hij zag ze op en neer gaan terwijl ze zwaar ademde.

Een centrale haak tussen haar borsten hield haar beha bij elkaar.

Het was geen toeval, dacht Eric bij zichzelf.

Hij reikte naar beneden en maakte de beha los, zodat de twee helften vrij op de uiteinden van haar borsten konden rusten.

Anita bleef roerloos zitten en staarde naar Erics handen of recht voor zich uit.

Ze wist dat alles snel zou veranderen.

Eric legde zijn handen op haar borsten en liet ze vallen totdat zijn vingers haar beha verwijderden.

Hij nam haar blote bruine borsten in zijn handen en hield ze even zachtjes vast.

Ten slotte legde hij Anita's tepels tussen duim en wijsvinger en kneep er zachtjes in.

De jonge vrouw zuchtte hoorbaar.

Eric voelde zijn pik hard worden in zijn broek terwijl hij zijn tepels manipuleerde.

Ze verhardden onder zijn aanraking en Anita voelde een opgewonden steek door haar maag naar haar kutje gaan.

Eric sloeg zijn handen om haar borsten, maar kon ze nauwelijks vullen in zijn greep.

Hij pakte ze op en keek toe hoe ze in de palmen van zijn handen lagen.

Hij liep om de stoel heen en ging tussen het bureau en Anita staan en keek haar even aan.

'Sta op en doe je shirt uit,' zei hij met een kalme stem.

Anita sloeg haar benen niet over elkaar en ging op een paar centimeter afstand van haar baas staan.

Hij tilde het overhemd over zijn schouders en liet het op de stoel vallen.

Zonder te stoppen deed ze hetzelfde met haar beha.

Eric legde zijn handen op de buitenkant van Anita's dijen en hief zijn handen op tot ze onder haar rokje verdwenen.

Anita voelde zijn handen omhoog gaan over de buitenkant van haar slipje en over haar billen.

Toen legde Eric zijn handen op haar middel en greep de riem van haar slipje.

Langzaam liet hij haar zakken en knielde terwijl ze langs haar knieën en op haar voeten liep.

Hij legde het zwarte slipje op de stoel en deed haar schoenen uit.

Nadat ze was opgestaan, keek ze naar haar rok en zei:

"Eruit halen."

Anita knoopte haar rok los, liet hem op de grond vallen, stapte uit en schopte hem opzij.

Eric bewonderde haar smalle taille, volle heupen en dijen.

lange benen en kleine voeten.

Zijn ogen keerden terug naar haar kutje en de kleine, dunne lok donker haar op haar clit.

Anita voelde zich op dat moment extreem sexy en de vochtigheid tussen haar benen nam met de seconde toe.

Ze wilde de man naakt voor haar zien en ze wist dat het onvermijdelijk was.

'Doe mijn kleren uit,' zei hij tegen haar.

Hij moest opzettelijk zijn bewegingen vertragen om zijn verlangen niet te openbaren.

Het duurde echter niet lang voordat Anita Erics shirt over haar hoofd trok en een goed gebouwde, zo niet overdreven gespierde torso liet zien.

Ze keek naar beneden en maakte haar riem los. Erics ogen wisselden tussen haar borsten en handen.

Ze knoopte zijn broek los en trok ze naar beneden totdat ze vanzelf op haar kuiten vielen.

Anita knielde neer en deed haar schoenen en sokken uit voordat ze haar broek uitdeed en opzij gooide.

Hij keek uit naar de groeiende bobbel van zijn boxer, greep toen de tailleband en trok ze naar beneden.

Erics enorme lul was maar half rechtop, maar Anita voelde een golf van opwinding over haar heen stromen terwijl hij zijn boxer uitdeed.

Ze stond op en keek naar haar baas.

Tot Anita's opluchting zette hij de eerste stap door haar te omhelzen en naar zich toe te trekken.

Hij kuste haar hartstochtelijk, drukte zijn pik tegen haar lichaam en bewoog zijn handen naar haar kont.

Eric kneep in zijn zachte wangen terwijl hun tongen elkaar tussen zijn lippen raakten.

Anita voelde haar kut tegen haar lichaam drukken, niet zeker of ze vastbeslotener was om zichzelf of Eric te plezieren.

Hun kus ging door terwijl ze een hand om zijn pik legde en hem voelde kloppen.

De staart begon omhoog te wijzen en het meisje pompte herhaaldelijk haar hand op en neer.

Toen de kus voorbij was, keek Eric naar Anita en zei:

'Mijn vrouw doet me dit niet aan. Je doet het geweldig.'

"Bedankt, ik ben blij dat je het leuk vindt," glimlachte hij.

'Ik heb honger,' zei Eric.

"Ik ook".

Ze gingen naar de bank.

Eric pakte onderweg de zak donuts.

Hij vond de tijd om Anita's kleine ronde billen te zien stuiteren met zijn stappen voordat hij op de bank ging liggen, haar hoofd op een klein kussen aan het ene uiteinde.

Eric stak zijn hand in zijn zak en haalde er een donut en een klein plastic mes uit.

"Ah, gevuld met vanillecrème. Mijn favorieten', zei hij. "Wil je delen?"

'Ik zou het graag willen doen,' antwoordde Anita.

Eric knielde neer, legde de met chocolade omhulde donut op de platte buik van het meisje en sneed hem voorzichtig doormidden met het mes.

Er ging een rilling door Anita's lichaam toen het mes nauwelijks over haar huid streek.

Eric zag haar trillen toen het mes weer uit de dikke donut tevoorschijn kwam. Toen legde hij het mes en de helft van de donut op de zak op de grond.

Hij tilde de donut van haar buik en draaide het met room gevulde midden naar haar toe.

Hij liet het methodisch zakken tot de tepel van haar rechterborst net onder de crème was.

Met een lange, zachte streek trok hij een laag vanillecrème over het uiteinde van haar borst.

Anita sloot haar ogen toen de koude vulling haar tepel en omringende huid bedekte, waardoor er rimpelingen door haar lichaam naar haar maag en kutje gingen.

Eric duwde de donut iets opzij en herhaalde het proces, waarbij hij een tweede strook room naast de eerste toevoegde.

Ten slotte draaide hij de donut om en wreef de chocoladelaag over het puntje van haar stijve tepel.

Eric stopte de donut in zijn zak en keek naar Anita.

Ze keek aandachtig toe, wachtend op haar volgende stap, en vroeg hem in stilte haar te verslinden.

Eric bewoog zijn hoofd over haar borst en likte haar tepel om van de zoete chocolade te genieten.

Anita kreunde bijna luid, maar herstelde zich en zag hoe de tong van haar baas langer werd en een centimeter boven en onder de tepel kwam.

Hij slikte een keer voordat hij terugkeerde naar zijn borst. Deze keer opende hij zijn mond wijd en plaatste hij zoveel mogelijk van de volle, ronde borst van het meisje.

Zijn tong krabde een paar keer over de tepel voordat zijn lippen zich sloten en op het roze vlees zogen.

Deze keer kon Anita er niets aan doen.

'O god,' fluisterde hij.

Eric hief zijn hoofd op en likte de crème van zijn lippen.

Toen zijn mond weer op Anita's borst belandde, drukte zijn hand haar borst omhoog en likte hij hongerig de rest van de vanillecrème van haar huid.

Het kwam steeds terug op de tepel.

Anita boog haar rug en duwde haar borst omhoog.

Ze voelde de nattigheid tussen haar benen over haar tepel stijgen bij elke streling van haar tong en ze was er zeker van dat hij haar kon laten klaarkomen als hij haar zo vasthield.

Ze reikte weer naar de donut en deze keer smeerde ze de witte vulling en chocolade in grotere hoeveelheden op haar linkerborst.

De crème bedekte bijna tweederde van zijn borst, waardoor Eric een bijna holle halve donut in zijn hand had.

Nadat hij de donut weer in zijn zak had gestopt, leunde hij over Anita's lichaam en ontblootte minutieus haar borst één voor één.

Het meisje legde haar hand op Erics hoofd en drukte die steviger tegen zijn borst.

Ondertussen bewoog zijn hand van haar heupen naar tussen haar benen en streelde even de clitoris, die begraven lag onder een zorgvuldig geknipte lok donkerbruin haar.

'O Jezus', zei ze zacht. "Dit voelt zo goed."

Met slechts een klein beetje vanillecrème op zijn borst klom Eric op de bank en legde zijn benen tussen de zijne.

Zijn staart was nu volledig rechtop en in een scherpe hoek naar boven gericht.

Hij leunde voorover, legde zijn pik op zijn crèmekleurige borst en bewoog hem heen en weer tot er een klein laagje witte vulling was.

Anita gebruikte haar hand om haar staart naar de plekken met de meeste crème te brengen.

Al snel was het wit van de roze kop tot aan de basis.

Anita zag Eric naar voren glijden en zijn pik naar haar lippen brengen.

Ze opende gretig haar mond en nam het cadeau aan.

De zoete smaak van de room deed haar bijna de liefde vergeten die ze voelde voor de smaak van een hete, harde pik.

Zijn tong werkte aan alle kanten van het lid terwijl Eric hem in en uit zijn mond schoof, waardoor hij kreunde van plezier.

"Ummm, Anita. Zuig me, neuk me zo," zei Eric. "Ja, ja. Dus."

Het kostte het meisje een paar minuten om de laatste crème van zijn pik te krijgen; zuigen, likken en slikken zo snel als hij kon.

Toen het voorbij was, was Eric harder dan voorheen en naderde het hoogtepunt.

"Fuck me, Eric," riep Anita luid uit. 'Ik wil je in me hebben. Alsjeblieft.'

Toen haar baas van de bank afkwam, spreidde Anita haar benen en tilde haar knieën op.

Toen ze zijn pik bij de ingang van haar kutje had, was haar hand in positie om hem naar haar toe te leiden.

Zelfs zij was verbaasd over hoe klaar ze voor hem was.

Zodra de kop van de gezwollen penis de opening vond, kon Eric zichzelf laten zakken tot hun dijen elkaar in een zachte klap ontmoetten.

"God ja. Neuk me," zei Anita.

Eric voldeed snel aan hun eisen.

Hij tilde haar op in haar kont en begon zijn pik in en uit te duwen, terwijl hij haar vagina regelmatig voelde samentrekken.

Anita tilde haar benen op en sloeg ze zachtjes om Erics middel zodat hij haar nog hoger kon optillen.

Anita's borsten zwaaiden ritmisch.

Af en toe kneep hij in haar tepels en stuurde zoiets als elektrische stroompjes rechtstreeks in haar kutje.

Ondertussen herpositioneerde Eric zichzelf zodat een vrije hand haar clit kon masseren.

Hij vond de opgeblazen bult gemakkelijk en wreef erover.

Het hoofd van het meisje begon heen en weer te zwaaien en mompelde:

"Shit. Shit. Ja daar. Daar!"

Eric wreef harder en voelde zijn lichaam samentrekken.

Haar benen knepen hem stevig vast en ze schreeuwde: 'Ahhhh. Oh God. Nutsvoorzieningen."

Haar orgasme begon met nog een gedempte kreun en haar heupen trokken omhoog om zijn neerwaartse stoten te kunnen opvangen.

Eric bleef haar minstens dertig seconden penetreren terwijl ze kreunde en schreeuwde dat hij haar moest neuken.

Eric wilde dat het gevoel van haar strakke kutje rond zijn pik en haar kronkelende lichaam voor altijd zou duren.

Hij hield haar kont vast terwijl ze langzaam op de bank ging zitten.

Nu kon Eric zich concentreren op zijn eigen lichaam en voelde de eerste golf sperma uit zijn ballen opstijgen.

Anita voelde het orgasme naar haar toe komen en spoorde hem aan om door te gaan.

"Dat is het. Kom op, kom op mijn poesje."

Eric's pik explodeerde in een stroom van sperma die Anita voelde toen het haar ingewanden vulde.

De warme vloeistof schoot uit verschillende sproeiers, elk vergezeld van een luide kreun.

Eric greep Anita bij het onderste deel van de schouders en drukte haar lichaam tegen het zijne.

Toen ze klaar wilde zijn en stopte met zijn pik diep in haar, drukte Anita haar kutje stevig vast.

"Ahhh, verdomme. Stop ermee," mompelde Eric, bijna buiten adem en half lachend.

Hij huiverde nog een laatste keer en viel slap en volledig uitgeput van haar neer.

Hij lag in haar armen, zijn hoofd op zijn borst en zijn benen nog steeds om zijn middel geslagen.

'Je hoeft het alleen maar te vragen wanneer je maar wilt,' zei Eric zacht, terwijl zijn vinger de omtrek van haar tepel volgde.

'Ik had honger vandaag,' zei ze.

EINDE

45

ONVERWACHTE SITUATIE
ERIKA SANDERS

Hoofdstuk I

'Ik zal in de kamer op je wachten en iets onthullends aantrekken,' had John gezegd.

Ze behandelden hem als een afhaalmaaltijd, dacht Gina toen het gesprek eindigde.

En dit is hoe ze zich nu voelde toen ze make-up op de make-upspiegel deed: schaduwrijke ogen, rode hartvormige lippen en net genoeg make-up op haar gezicht om haar er niet uit te laten zien als een wassen beeld.

Wil je iets anders in je bestelling, schat?

Tevreden met haar werk liep ze op blote voeten over het tapijt in de slaapkamer, alleen gekleed in een beha en slipje, en opende de kast.

Ze pakte een doosje met geld van een plank boven haar kleren en droeg het naar bed.

Toen ze het opende, vielen er vele tien en twintig op de zijden lakens.

Gina telde er vier van de twintig en stopte de rest in de doos.

Ze zette de doos terug in de kast, stopte het geld in haar tas en begon zich aan te kleden.

John woonde aan de andere kant van de stad in een luxe vrijstaande woning met vijf slaapkamers aan de gracht.

Afhankelijk van het middagverkeer zou hij er tien minuten over doen.

Hij was een relatief nieuwe klant van haar die tot nu toe zes keer had gediend.

Ze haatte het.

Hij was arrogant, onbeleefd en volkomen pervers.

Hij was van Italiaanse afkomst: olijfkleurige huid, een grote neus en dik zwart haar.

John hield van eten en Gina vond dat hij eruitzag als een kruising tussen een gangster uit de jaren 40 en een dikbuikig varken.

Hij had opgeschept dat hij connecties had met de criminele onderwereld, maar Gina wist niet zeker hoeveel van wat hij zei waar was.

Ze dacht dat hij alleen maar indruk op haar probeerde te maken.

Ze begreep niet waarom mannen dit aantrekkelijk vonden voor meisjes.

Gina had een hekel aan geweld en zette een film uit bij de eerste tekenen van bloed of geweld.

Maar John zat beslist in een soort van onbetrouwbare zaken.

Ze had wapens in haar huis gezien.

Hij had tijdens hun seksuele relatie verhitte telefoontjes afgeluisterd die John weigerde te negeren.

Over geld en drugs gesproken.

Ze vond mannen als John weerzinwekkend: hebzuchtig, egoïstisch, oneerlijk en corrupt.

Ze had het geld echter te hard nodig.

Gina's leven was vol schulden.

Een cursus vrije kunsten, het mini-fiat dat elke dag naar haar secretaresse ging en kleren kocht, vakanties op Ibiza en een lening die ze had genomen om haar appartement in te richten.

Ze zwom in de schulden, maar de kredietverstrekkers hadden haar nooit iets ontzegd.

En daarom had hij het afgelopen jaar als privé-escorte gewerkt.

Privé was het sleutelwoord.

Ze had geen online advertenties, te bang dat haar familie of vrienden haar vuile geheim zouden ontdekken.

In plaats daarvan vertrouwde ze op mond-tot-mondreclame en haar vaste klanten, mensen zoals John.

De eerste man die haar betaalde om seks met haar te hebben, heette Peter.

Ze ontmoette hem op een datingsite nadat ze het uitmaakte met Adams, maar wist meteen dat het niets voor haar was.

Het was niet het feit dat hij ouder was dan haar in de veertig en vijftien.

Daarom had ze hem in de eerste plaats ontmoet en dacht ze dat een oudere man hem kon geven wat Adams, een vierentwintigjarige jongen, niet kon.

Toewijding, veiligheid, misschien nieuwe seksuele ervaringen.

Ze voelde zich gewoon niet verbonden met Peter en kwam er een uur na hun eerste date achter dat ze met z'n tweeën konden dineren in een Indiaas restaurant in het leukste deel van de stad.

Ze nam afscheid en bedankte hem voor een heerlijke maaltijd. Ze dacht dat het de laatste keer zou zijn dat ze hem zou zien.

Maar Peter was meer in haar geïnteresseerd dan hij aanvankelijk had gedacht.

Twee dagen later nam hij contact met haar op met een aanbod om haar te betalen voor seks.

Aanvankelijk was Gina verrast, zelfs beledigd.

Met haar diepgebruinde, geverfde blonde haar en een voorliefde voor onthullende kleding wist ze dat ze een bepaalde aantrekkelijke indruk maakte.

Maar dat zou haar nog geen hoer maken of iemand die haar benen zou spreiden bij het eerste teken van financiële problemen.

Ze had vast wel meisjes ontmoet die dat zouden doen.

Maar Peter leek zo'n aardige vent, en hoe meer Gina nadacht over haar schulden, hoe meer ze zich afvroeg wat voor schade het zou doen om het aanbod te accepteren. Er zou wederzijds voordeel zijn.

Peter zou haar bezitten en ze zou het geld krijgen dat ze hard nodig had.

Als niemand echt gewond raakt, wat was dan het probleem?

Gina was echter naïef.

Ze had nooit gedacht hoe verslavend betaalde seks kon zijn, of hoe goedkoop en ellendig ze zich zou voelen.

Tot overmaat van ramp was Peter niet de heer die ze eerst dacht dat hij was.

Al snel werd bekend dat ze haar goed van dienst was, en dat kon alleen maar omdat hij het direct verspreidde.

Allerlei aanbiedingen vulden zijn mailbox via de datingsite waarop hij Peter ontmoette.

Hij kon niet geloven hoeveel oudere mannen daar jongere vrouwen zochten voor seks en hoeveel er bereid waren ervoor te betalen.

Het was erg lucratief voor haar geweest en ze leerde al snel dat ze meer geld kon verdienen als ze bereid was haar grenzen wat meer te verleggen.

Mannen betaalden meer voor zaken als anaal, dominantie, golden shower en verschillende soorten rollenspellen.

Gina had geïnvesteerd in schoolmeisjesuniformen, sexy lingerie en zwepen. Ze had gegeten wat er werd gesuggereerd en allerlei voorwerpen gevuld en zelfs gedaan alsof ze een vijftigjarige man in een luier borstvoeding gaf.

Natuurlijk had John genoten van alle beschikbare diensten met zijn geld.

Van eersteklas prostituees tot pornosterren tot driezijdige modellen.

Het was een obsessie die grensde aan verslaving.

Het leek erop dat alle jonge en mooie meisjes klaar waren om hun attributen te verkopen terwijl ze nog steeds begerenswaardig waren.

Het was tragisch.

Het was dus geen verrassing dat John, nadat hij van een vriend had gehoord, contact opnam met Gina.

En vanavond zouden ze voor de vijfde keer samen zijn.

Gina keek op haar horloge en maakte haar kleren vast in de spiegel in de hal. Over een jaar is het allemaal voorbij, meisje, herinnerde ze zich.

'Je kunt het.'

Toen pakte hij zijn sleutels en ging de deur uit.

Hoofdstuk II

Tien minuten later stopte hij op Midesting Road.

Het was even na half elf en in een van de andere huizen was een poolparty in volle gang.

Hij reed door de smeedijzeren poorten van Johns huis en parkeerde de Fiat op straat.

De maan scheen op het dak van Johns zilveren Mercedes toen hij het geluid van zijn hakken op het grind hoorde kraken en naar de zijkant van het huis liep.

John had hem gezegd door de achterdeur binnen te komen.

Vanavond spelen ze een rollenspel.

Hij zal op het bed liggen en zij zal binnenkomen als een dief en hem verrassen.

John hield ervan om dingen te verknoeien.

Ze had nog nooit zo'n seksueel vindingrijke man ontmoet.

Halverwege het huis stopte hij en keek de steeg op en neer.

Ze was er zeker van dat niemand haar daar zou zien, maar ze wilde het zeker weten voor het geval dat.

Ze liet haar slipje zakken, trok het over haar hielen en trok toen haar rok recht.

Ze stopte haar slipje in haar zak.

Rode punt, John's favoriet.

Toen strompelde ze op haar hakken het pad af en opende de deur naar de achtertuin.

Een metalen vuilnisbak rinkelde toen hij er per ongeluk tegen schopte met de punt van zijn scherpe hak.

'Dom!' Ze vermaande zichzelf.

Het keukenlicht brandde en de patiodeur die naar haar leidde stond op een kier.

John moet het voor haar open hebben gelaten.

Gina gooide haar haar naar achteren, vervolgde haar sensuele wandeling en ging het huis binnen.

Hij rook een branderig gevoel toen hij de keuken binnenkwam en de deur sloot.

Het was waarschijnlijk een van de sigaren die John graag rookte.

Hij was zo'n rokende gangster.

Het huis was stil.

John moet op haar wachten in bed zoals ze hem had gezegd.

Gina liep door de zorgvuldig ingerichte eetkamer, alle moderne meubels en hout in een dieprode tint, en de gang in.

Ze keek de wenteltrap op.

'John,' zei hij spottend. "Ben je klaar of niet?"

Haar hakken klikten van de gepolijste treden toen ze de trap opging.

Toen ze de hal inliep, zag ze Johns slaapkamerdeur openstaan.

Het licht was aan, maar maakte nog steeds geen geluid.

Toen hoorde hij een kraak.

'John?'

De dikke klootzak zat waarschijnlijk op zijn troon in de badkamer.

Gina streek haar haar glad, liet haar halslijn zakken en ging de kamer binnen.

Op dat moment leek alles stil te staan.

Gina's hele lichaam bevroor.

John lag naakt op het bed en staarde naar het plafond. Een plas bloed doorweekte de lakens om hem heen en zijn nek werd doorgesneden.

Gina schreeuwde.

Een donkere gedaante kwam achter de deur vandaan en greep haar, sloeg een arm om haar nek en legde zijn hand voor haar mond.

'Maak geen lawaai of ik snij die van jou ook door,' zei hij.

Gina voelde de koude, scherpe punt van een mes in haar nek.

'Wie ben jij?' kreunde ze.

"Iemand die je niet wilt neuken"

De man kneep haar nek steviger samen met zijn gespierde onderarm.

'Wat doe jij hier?'

'Ik kwam om John te zien.'

'Waarvoor? '

'Hij vroeg me om het te doen.

'Waarom?' vroeg de man.

"Gewoon om het te zien."

Hij verpletterde Gina's luchtpijp met zijn arm en liet hem stikken.

'Waarom?' Schreeuw.

'Om seks te hebben,' stamelde Gina.

Ze begon te hoesten toen de man de druk om haar nek verlichtte.

'Ben je een prostituee? ' hij zei.

'Niet!'

'Nou en?'

'Een metgezel'.

'Het is hetzelfde,' zei de man.

Gina zei niets, te bang dat de man haar nek zou breken of neersteken als ze hem tegensprak.

"Het lijkt erop dat we een probleem hebben", zei hij.

Hij keerde zich naar Johns levenloze lichaam en hield Gina stevig tussen zijn arm en borst vast.

Gina had het gevoel dat ze ziek zou worden als ze zoveel bloed zou zien.

'Nu ben je getuige van een moord.'

'Alsjeblieft,' smeekte Gina.

'Ik vertel het aan niemand. Laat me gewoon gaan. '

Hoofdstuk III

Een angstaanjagende lach kwam van de man.

'Ik weet zeker dat je begrijpt dat het niet zo gemakkelijk zal zijn.'

Angst schoot door Gina's lichaam.

Hij voelde warme urine langs de binnenkant van zijn benen druppelen.

Ze wilde niet dood vanavond.

De man greep haar arm met zijn leren gehandschoende hand en leidde haar naar de badkamer.

Hij sloot de deur achter zich en draaide zich naar haar om.

Gina stapte achteruit in een hoek toen ze zijn gezicht zag.

Ze had niet verwacht dat het een van de mooiste gezichten zou zijn die ze ooit had gezien, maar het was het diepe litteken dat over zijn wang liep dat haar het meest verbaasde.

En zijn lichaam leek gemaakt om te doden, met de schouders van een bokskampioen en hij kon een nek doormidden breken.

Hij was een monster.

Hij bekeek haar van top tot teen met harde blauwe ogen.

'Wie weet dat je hier bent?'

'Niemand! Alsjeblieft, kun je me laten gaan en wegrennen. Ik verzeker je dat ik het de politie niet zal vertellen. '

Hij naderde haar met een langzame, roofzuchtige stap.

'Daar is het te laat voor. Je hebt mijn gezicht al gezien. '

'Ik beloof dat ik het niet zal zeggen. Alsjeblieft, het kan mij of John niet schelen, ik wil gewoon naar huis. Ik wil niet sterven. "Gina barstte in tranen uit.

De man legde een gehandschoende hand op haar blote schouder en naderde dreigend haar gezicht.

Gina voelde de warme lucht uit haar neus haar wangen raken.

"Nu, nu, nu," spinde hij. 'Waarom dat mooie gezicht verpesten?'

Hij streek met een lange vinger over Gina's betraande wang.

Gina's hele lichaam veranderde in ijs toen ze zijn aanraking voelde.

De aantrekkingskracht die ze voelde voor het lichaam van deze man en de angst om tegen de muur gedrukt te worden door iemand waarvan ze wist dat ze haar gemakkelijk zou kunnen doden, waren volkomen tegenstrijdig.

Hij boog zich naar haar toe en streek met zijn ruwe tong over haar gezicht, waardoor ze een rilling door haar huid voelde gaan.

Ze had niet verwacht wat er zou komen.

De gehandschoende hand van de man gleed onder haar rok, zijn lange vingers tastten naar haar ontblote lippen.

'Stout meisje,' zei hij bij haar onverwachte ontdekking.

"Alsjeblieft... oh"

De man had zijn handschoen uitgetrokken en er zat nu een lange, vlezige vinger in haar.

Hij vond Gina's klitje glad en masseerde het, waardoor er een warmte door haar heen verspreidde.

Tegelijkertijd streek hij met zijn tong over de stevige contouren van Gina's nek.

Gina draaide zich om en zag haar spiegelbeeld in de spiegel boven de gootsteen.

En hij zag ook dit grote vreemde dier als een vampier in zijn nek wegzakken, het mes van het mes in zijn vrije hand knipperend in het halogeenlicht als waarschuwing.

Ze durfde niet te bewegen uit angst dat hij zijn scherpe punt op haar zou gebruiken.

De man trok zich terug en keek over haar lichaam.

Er was een diepe opwinding in hen, alsof hij hun naakte lichamen door hun kleren heen kon zien.

Hij duwde haar tas van haar schouder en liet hem op de grond vallen terwijl een tube lippenstift en rood slipje op de tegels viel.

Hij greep een van haar borsten door haar nauwsluitende vest en kneep er zachtjes in, en ging toen met zijn vinger over haar tepel toen die stevig stond.

Het was stopverf in haar handen.

"Wat doe je met mij?" Zij vroeg.

'Omdat we alleen zijn en de ruimte alleen voor ons hebben, zal ik je geven wat die vent daar je nooit heeft gegeven.'

Oh god, dacht Gina. Niet dat.

De man voelde haar angst en glimlachte.

'Maak je geen zorgen. Zodra je mij in je poesje ervaart, zul je blij zijn dat die ander dood is.

De man had gelijk dat ze alleen waren.

Zonder buren in de buurt zou elke roep om hulp tot mislukte resultaten leiden.

Als... als ze ermee instemde, deed wat de man zei, kon ze het huis levend verlaten.

Welke andere optie had ze om het beste rollenspel van haar leven te spelen met alle andere kansen tegen haar?

Dus nam hij een besluit.

Ze zou het beste werk van haar leven doen.

En toen het mislukte, had ze een back-upplan.

'Doe dat uit,' gromde de man en knikte naar zijn vest.

Gina deed wat hij zei.

Terwijl het vest over haar hoofd gleed, schudde ze haar haar en richtte haar ogen op zijn lichaam.

'Ik wil dat jij je ook uitkleedt,' zei hij.

De man lachte spottend.

'Je gaat me niet vertellen wat ik moet doen. En ik ben niet zo dom als je denkt Gooi het naar beneden. 'Hij knikte naar Gina's rok.

Ze knoopte haar rok los, liet hem over haar benen vallen en schopte hem toen met haar hiel.

Ze stond voor hem op hakken en een beha, haar lippen geschoren en blootgesteld aan de koele lucht van de badkamer.

Ze hief haar blauwe ogen met mascara op naar de doordringende blik van haar ontvoerder.

'Wat schattig en lief,' zei hij terwijl hij lucht door zijn neusgaten zoog. 'Keer om.'

Gina draaide zich om en keek naar de tegelmuur.

Door de weerspiegeling heen zag ze de man voorover buigen en haar kruis strelen terwijl hij haar kont bestudeerde.

De grote bobbel die hij uit zijn broek zag steken, liet haar weten dat hij goed uitgerust was.

Hij liet haar voorover buigen, greep haar heupen en bracht zijn kruis naar haar toe.

De harde, dikke bult werd nu tegen de spleet van haar billen gedrukt.

Zijn blote hand raakte haar kont aan en hij duwde haar naar voren, het mes nog steeds stevig in de andere.

Gina keek naar hem terwijl hij het op het aanrecht naast de gootsteen zette en zijn broek begon los te knopen.

Ze staarde naar het mes en vocht tegen de neiging om het te pakken.

Maar ze wist dat ze niet zo dom kon zijn; Met haar grootte zou de man binnen enkele seconden haar kleine 1,80 meter lange lichaam domineren. Toch was het verleidelijk... heel verleidelijk.

Zijn zwarte broek viel op de grond en onthulde een paar zwarte boxers op enorme, gespierde dijen.

Zijn erectie reikte tot aan de zoom, gezwollen en enorm.

Gina slikte de snik in die bijna uit haar mond kwam.

Hoe moest hij hier allemaal in verzeild raken?

De grote lul was uitgerekt tegen de strakke stof van zijn boxershort en wilde eruit.

Toen de man hem liet zakken, viel de grote paarse kop op Gina's wangen.

De ledemaat, dik en geaderd, was minstens tien centimeter lang.

De moordenaar was een seksuele hunk.

Hij greep haar heup met zijn nog steeds gehandschoende hand en nam zijn pik met de andere en leidde hem naar Gina's schaamlippen.

Toen ze de warme, zachte pik tussen haar lippen voelde, snakte Gina naar lucht.

En toen hij haar naar binnen duwde, begaven haar knieën het bijna.

De penis werd brutaal diep en kloppend van opwinding in haar hete, vochtige vagina geduwd.

Het trof een gebied in Gina waar nog nooit was gepenetreerd en haar verraderlijke clitoris begon te pompen van opwinding, vocht verzamelde zich op haar lippen en muren om recht te doen aan deze opwindende nieuwkomer.

De man begon te duwen, zijn sterke heupen waren in staat om de hardheid van Gina's binnenmuren met buitengewone snelheid te forceren.

Het voelde geweldig.

Ze greep de rand van de kaptafel toen hij haar natte schaamlippen penetreerde en zijn ballen tegen haar sloegen.

Hij trok de andere handschoen uit en zijn grote, verrassend zachte handen gleden over haar rug en maakte haar beha los.

Het viel op de tegelvloer en liet haar borsten los.

Nu droeg ze alleen haar hakken toen het enorme dier haar van achteren sloeg.

Gina voelde hem terugtrekken en haar kutje kreeg een moment van opluchting.

Maar het duurde niet lang voordat zijn pik weer in haar was, dit keer tegen haar kont.

De massieve lul van de moordenaar ging de strakke plooien van Gina's anus binnen en stuurde een scherpe pijn door haar heen.

Even dacht hij dat hij de pijn niet aankon, zijn spieren spanden zich om dit vreemde lichaam naar buiten te drijven, maar toen ontspanden ze zich toen de pijn in genot veranderde.

Gina had eerder anale seks gehad, maar niet van een fallus zo groot als deze.

Het plezier dat haar nu overspoelde was anders dan alles wat ze ooit eerder had gevoeld.

Ze moest onthouden waar ze was.

In John's huis wordt hij geneukt door een man die hem net heeft vermoord.

John's dode en toch al wat koude lijk lag een paar meter verderop in de andere kamer als een verschrikkelijk portret van zijn vroegere zelf.

Gina wist dat ze dit beeld nooit uit haar hoofd zou wissen, hoezeer ze het ook verachtte.

En het zou de haat die ze voor hem voelde uitwissen als hij er levend mee terug kon komen en haar nu kon helpen.

Maar er is iets vreemds aan wat er gebeurt als je wordt geconfronteerd met een doodsbedreiging en Gina zag het voor het eerst in die badkamer waar ze nu werd vastgehouden.

Een instinct neemt het zo oorspronkelijk over dat het niet langer als een dierlijk instinct wordt ervaren.

En je weet dat je alles zult doen om te overleven.

Hoofdstuk IV

De man sloeg zijn kont met woedende slagen, speeksel liep uit zijn mond, zijn mooie gezicht was rood en opgewonden.

De lage, keelgeluiden die hij maakte, vertelden Gina dat hij op het punt stond te komen.

Ze greep de rand van de toonbank.

De vingertoppen werden wit terwijl hij vasthield.

"Shit," kreunde de man.

'Ik zal rennen'.

En dat deed hij en een zware zucht kwam uit zijn mond, hij sloot zijn ogen en boog zijn hoofd ...

En Gina greep haar kans.

Hij liet de toonbank vallen en pakte het mes.

Met een blinde en krachtige beweging van zijn arm duwde hij hem in de keel van zijn dader.

Ze sprong op en drukte haar rug tegen de muur, de koude tegels tegen haar bezwete rug.

Met grote ogen van angst en bezorgdheid, zag Gina dat de man in een statische positie stond en stikte terwijl zijn grote ogen haar aanstaarden.

Het mes stak uit zijn dikke, glanzende keel en donkerrood bloed sijpelde langs de kraag van zijn zwarte mantel.

Zijn staart was nog steeds rechtop, een glanzend spoor van sperma bungelde aan de punt.

Zijn versufte ogen bleven op Ginas gericht toen haar mond haperde en het bloed op haar onderlip stroomde.

Hij slaagde erin het woord 'bitch' te gorgelen voordat hij achteruitbrak en tegen de deur knalde.

Gina staarde hem even aan, haar borst ging op en neer voordat ze een gekke lach begon te geven. Zijn plan was gelukt.

Eerste keer. Ze had hem in de spiegel zijn ogen zien sluiten terwijl hij klaarkwam, en ze genoot van het feit dat hij de aanval zoveel gemakkelijker had gemaakt.

Ze pakte haar kleren en kleedde zich snel aan, deze keer trok ze haar slipje weer aan.

Ze reikte naar haar tas en schopte haar aanvaller met de scherpe punt van haar hiel. Toen spuugde ze in zijn gezicht.

"Dat komt omdat je me een hoer noemt, klootzak!"

Hij duwde zijn lichaam naar achteren zodat hij de deur kon openen.

De achterkant van zijn schedel raakte met een plof het tapijt toen hij de deur opendeed.

Ze liep op haar tenen over het met bloed doordrenkte lichaam en ging de slaapkamer binnen.

Ze keek naar Johns lichaam op het bed.

Bloed op de vloer.

Bloed op het bed.

Dood waar hij ook keek.

Het was te veel.

Gina rende de kamer uit en de wenteltrap af, zo snel als haar hielen haar konden dragen. Paarse driehoeken bevlekten de grond toen ze langskwam.

Onder aan de trap stopte ze, veegde haar tranen weg en controleerde haar gedachten.

Die levensstijl had alles voor haar verpest.

Hij had haar ellendig gemaakt en cynisch over mannen.

Hij had zijn moraal gereorganiseerd.

En die dikke dode klootzak was een van de ergste met zijn corrupte manieren en vuile fantasieën.

Hij was een rolmodel in de samenleving, maar hij verspreidde en besmette alles wat hij aanraakte met zijn corrupte manieren.

Inclusief hen.

Het had van hem iets gemaakt wat zij niet was.

En nu had hij haar in een moordenaar veranderd.

Ze had een moord gepleegd uit zelfverdediging en de stront in een plas bloed verdiende alles wat haar was overkomen.

Maar ze wist dat ze het nooit zou vergeten.

Hoe hij haar had mishandeld alsof ze niets meer was dan een smerige hoer, en hoe zijn lichaam haar had verraden door met plezier te reageren op de aanraking van zijn smerige en moorddadige handen.

Hoeveel andere meisjeslevens moeten deze twee hebben geruïneerd?

En hoeveel bleven deze meisjes lijden?

Ik zal niet meer lijden, dacht Gina.

Hij rende de trap op en de slaapkamer in.

De aanblik van de twee lijken deed haar overgeven, maar ze slikte de misselijkheid met één elleboog in en ging naar bed.

Johns gezicht was een masker van afschuw, zijn mond zwart en wijd als een vis, zijn ogen bevroren van angst.

Gina wendde haar blik af en zocht naar de gouden armband om haar dikke pols.

Er was een dun rechthoekig medaillon dat de ketting op zijn plaats hield.

Ze opende het en las het nummer erin: 47689.

Ze herhaalde het nummer in haar hoofd als een mantra, sloot het medaillon en stak haar hand in haar zak.

Hij pakte een zakdoek en veegde de vingerafdrukken van het medaillon.

Hij wierp John nog een laatste minachtende blik toe voordat hij zich omdraaide en de trap af rende.

Hij rende door de gang tot hij bij Johns studeerkamer was en deed de deur open.

Hij speurde de kamer af tot zijn ogen vielen op waar hij voor kwam.

Jan is veilig.

Hij had opgeschept over de inhoud tijdens een van Gina's bezoeken en zij had gevraagd wat erin zat.

'Mooie sieraden,' zei hij met een arrogante glimlach.

'Het is meer waard dan dit hele huis.'

Toen tikte hij op de ketting om zijn pols en legde zijn vinger op zijn lippen.

"Sst".

Gina ging naar de kluis aan de muur en koos de combinatie.

De kluis klikte om aan te geven dat deze geopend kon worden.

Ze opende de stalen deur en keek naar binnen.

Op een stapel bruine enveloppen lag een fluweelachtig rood juwelendoosje.

Gina voelde een brok in haar maag.

Ze opende het en vond de meest ongelooflijke diamanten halsketting die ze ooit had gezien. Haar prachtig bewerkte stenen schitterden met een filmisch effect.

'Het is meer waard dan dit hele huis,' fluisterde ze tegen zichzelf.

Genoeg om al je schulden af te betalen en nog wat.

Haar hart klopte in haar borst, ze sloot het deksel en stopte het juwelendoosje in haar zak.

Toen sloot ze de kluis en wreef de zakdoek over eventuele vingerafdrukken.

Ze haastte zich de studeerkamer uit en de gang door naar de voordeur, controlerend of haar hielen geen belastende sporen op haar glanzende planken hadden achtergelaten.

Niet van jou.

Ze deed de deur van het huis open.

De koele, zachte lucht raakte haar wangen terwijl ze de nacht in dreef en het gewicht van de aanwezigheid in huis viel onmiddellijk van haar schouders.

Eindelijk vrij, rende ze de grindoprit af, sprong in haar auto en gooide haar tas op de passagiersstoel.

Ze liet haar hoofd op het stuur vallen en slaakte een lage, hese kreet.

Uitgeput en uitgeput reikte ze in haar zak en haalde haar mobiele telefoon eruit.

Ze belde 911.

"Politie alstublieft, ik heb net een man vermoord."

EINDE

73